KB151096

은근히 즐거운

산지니시인선 011

은근히 즐거운

표성배 시집

산지니

詩가 서 있어야 할 자리에 서 있는지 묻는다.

| 차례 |

제 1 부

내 봄은

이리도 쉽게 다녀가셨단 말인가

나비 날개처럼 가벼웁게

앞치마 주름처럼 걷어붙이고

바람이 하늘을 이리저리 몰고 가던 길 옆 쪼그리고 앉아
있기를

조는 듯 눈 감고 있기를

나는 늘 이렇게 있는 듯 없는 듯 한가한 것이 탈이다

겨울 같은 것이 와도

지나가도

참 좋겠네

나무 한 그루 심어야겠네

시(詩) 한 편 쓰는 심정으로 심어야겠네

한 쪽으로 약간 기울게 심어야겠네

햇볕이 한 쪽으로 돌아간다고 심어야겠네

바람이 한 쪽에서만 분다고 심어야겠네

가끔 편지가 는개처럼 와 주었으면 하고 심어야겠네

기다리는 마음도 함께 심어야겠네

장장 애채가 지붕처럼 우거지면 좋겠네

그런 나무 한 그루 심어야겠네

당신이 그 나무 아래 잠시라도 머물러 주기라도 한다면

참 좋겠네

눈

저 청청한 눈, 눈 좀 보아요

밤새 기척도 없이 와서는 뚝, 시치미 떼고 돌아앉은 눈 좀
보아요

댓잎을 방석처럼 깔고 앉아 깔깔거리는 저 귀티 새파란
눈 좀 보아요

까치 꼬리털에 매달려 떨어질까 떨어질까 마음이 콩닥대
는 저 눈 좀 보아요

첫새벽 햇살에 눈부시기 전에 어여 눈 좀 보아요

어느 놈이 먼저 발자국 남기고는 뚝, 시치미 떼는지 눈 크
게 뜨고 눈 좀 보아요

앞 산 끝이 하늘에 닿아 하늘인 듯 땅인 듯 구분이 안 되
는 눈 온 아침

누가 보기 전에 퍼뜩 좀 보아요

눈 좀 떠 보아요

흑백사진

우체국 가자

좀 멀다 싶으면 자전거라도 타고 가자

우체국 가는 길 새로 생긴 우체통이 있어도

그냥 우체국 가자

이미 눈여겨 봐둔 우체국 앞 우체통 옆, 초병처럼 서 있는
은행나무 몰래 우체통 가까이 다가가자

바람이 없는 시간이면 더 좋겠다

석양에 우체통이 좀 더 붉게 뜨거워지면 좋겠다

누가 볼까 두근거리는 가슴처럼

하루 내내 가슴주머니에 품고 다닌 편지가

뜨거워진 우체통에서 밤새 좀 더 성숙해지면 좋겠다

언제나 홀로 우체통이 서 있듯

우체국 가자

우체국 앞 빨간 우체통에 슬쩍

편지를 건네고 오자

헐렁했으면 좋겠다

　시(詩)가 너무 진지하단다 진지하기만 하고 재미는 없단다 너무 진지하다 못해 무거워서 들 수가 없단다 이철산 시인 부친상에 문상을 하고 소주잔을 씹으며 시와 노동자 사이에서 우린 너무 진지하다

　학생과 선생 사이처럼 빚쟁이와 빚꾸러기 사이처럼 자본가와 노동자 사이처럼 의사와 환자 사이처럼 사이에 사랑 하나 머물지 못해 진지하다 그런데 시마저 진지하기만 하면 이 사이를 어떻게 좁히느냐며 시 좀 재미있게 쓰잔다

　가끔 나와 내 애인 사이처럼 이 세상 모든 사이가 좀 헐렁했으면 좋겠다고 때로는 애인 맞아! 이런 의문을 갖는 순간에도 너무 진지하지 않았으면 좋겠단다 가슴이 뜨겁다가 차가워지는 이유가 너무 진지해지는 순간부터라는데, 그때부터 사랑도 식는다는데

　학생이 없는 선생이나 환자가 없는 의사나 노동자가 없는 자본가나 그 반대를 상상해 보면 무슨 이런 황당한 일, 이라

고 진지하게 고민하기보다 뭔가 헐! 웃음이 절로 나지 않을
까 웃다 보면 좀 사랑해야지 그런 생각이 들지 않을까

　옥상에 망루를 짓고 십자가를 진 세입자들이나 밀양 송전
탑을 반대하며 노구(老軀)를 던지는 주민들이나 쫓겨난 일
터로 돌아가고자 신발 끈을 묶는 쌍용자동차 노동자들이
말하지 않아도 통하는 달빛과 달맞이꽃 사이처럼 그런 아침
과 저녁을 맞으면 좋겠다

장마 탓이다

때 이른 장마에

웃자란, 제법 단단한 찔레 순 하나가 멀뚱하다

건듯 나온 해를 따라 뉘엿뉘엿 걷는 나도 멀뚱하다

나 혼자뿐인 등산길도 멀뚱하다

반갑다 구절초 오종종 모여 앉아 첫 안부를 건네는데도

나는 멀뚱하다

바람이 있으면 하면 바람이 있었고

햇볕이 있으면 하면 햇볕이 있었는데

어디 따로 눈 둘 곳 찾지 못해 오늘은 자꾸 멀뚱하다

건듯 내밀었다 사라진 해를 어림짐작하며 눈알을 크게 굴려 보곤 해도

나는 멀뚱하다

장마 탓으로 돌려 봐도 멀뚱하다

안녕

아침과 함께 왔다

하루는 늘 이렇게 시작한다 기계처럼

살아 있다 확인하는 것은 움직이는 것이다

안녕 하고 말을 건네는 것이다

팔을 들어 손을 흔드는 것이다

몸은 아직 잠을 원하지만 간단하게 무 자르듯 기지개를 켜는 것이다

그러다 서로 등을 두드려 주고 살아 있다 확인하는 것은 이름을 부르고 대답을 하는 것이다

내 하루도 이와 같기에 어떤 거부감도 없다

그래서 나는 오늘 하루 또 살아 있다

내일 아침이 냉장고 안에서 신선하게 보관되어 있기를 바랄 뿐 이 밤은 책임져 주지 않는다

안녕!

그래서 이런 인사가 생겼다

정말 안녕 하는 날이 있기 때문에 나이가 들수록 이 말을 잘 사용하지 않는다

내 딸 시목이는 아직도 아빠 안녕이라고 쉽게 말을 한다

그럴 때마다 나도 안녕 한다

나는 아직 젊어 충분히 일할 수 있다

마지막 말 같은

한 나무가 한 나무에게 손을 건네요

잡을 듯 잡을 듯 손을 건네요

달빛 아래 그림자처럼 슬쩍 손을 건네요

길지도 짧지도 않은 괘종소리처럼 손을 건네요

내리막길엔 속도가 좀 붙어 위험하기도 하지만 그래서 손을 건네요

다 내려가기 전에 갱상도 사내들처럼 툭 손을 건네요

마지막 말 같은 손을 건네요

사랑해요 손을 건네요

단 한 번쯤은 일방적으로 바람처럼 손을 건네요

사랑해요 손을 건네요

바위에 살짝 엉덩이를 걸쳐봐

산을 오르다 바위에 살짝 엉덩이를 걸쳐봐

가만히 숨 쉬고 숨 내뱉는 동안 바위의 어깨가 살짝 들썩이는데

바위를 감싼 이끼는 나의 이불처럼 포근하여 바위가 내뱉는 숨소리 따라 내 숨도 자지러지는데

스르르 잠들 것만 같은데

멀리 무뚝뚝하지만 튼실한 어깨를 가진 바위의 아침이 보이고 바위처럼 단단한 어깨를 가졌던 내 아버지가 보이고

따라, 앞산 이마가 가물 잠잠해지는데

저만치 새 한 마리 날아가고 한참, 산꿩 울음소리 따라 들리고 한참, 한참을 그렇게 해 지는 앞산만 바라보는데

바위에 살짝 엉덩이를 걸쳤을 뿐인데

연(然)

겨울이 꽁꽁 파업을 해도 봄이 오는 것을 막을 수 없는 것
은 그러하기 때문이다

나비가 낮게 낮게 나는 것은 개나리가 노랗게 피는 것처
럼 그러하기 때문이다

햇살이 서 푼어치 무게만으로도 겨울을 밀어내는 것이나
나비가 두 푼어치 근육만으로도 개나리와 눈높이를 맞추는
것은

다 그러하기 때문이다

햇살이 나비의 날개를 떠받드는 것이나 나비가 개나리 주
위를 노랗게 나는 것이나 바람이 아무리 급한 길이라도 싱
긋 웃어주는 것은

햇살이나 나비나 바람이 누구에게나 다 그러하기 때문이다

심지어 점심시간을 가로질러 달리던 마산발 진해행 두 칸
짜리 열차가 잠시 잔디밭에 몸을 누인 그들을 위해 소리 없
이 조는 듯 멈칫하고 지나가는 것도 다 그러하기 때문이다

흐르는 강물을 막으면 그 강물이 몸을 비틀어 제 길을 찾
는 것은

당연히 그러하기 때문이다

집

꽃이 진 벚나무 아래를

파란 잎들로 뒤덮인 벚나무 아래를

꽃 피었던 벚나무를 기억하지 못하는 벚나무 아래를

잎이 지고 벌거벗은 민둥산처럼 겨울을 나고 다시 꽃이 핀
벚나무 아래를

꽃의 그림자만 기억하는 네모난 보도블록 그 틈새를

개미들이 줄지어 가는 벚나무 아래를

소나기 한 줄기 확 쏟아졌다 언제 그랬냐는 듯 바싹 마른
벚나무 아래를

시간마저 잊어버린 백발의 부부가 한참 그늘을 쐬고 있는
벚나무 아래를

중국집 배달 오토바이가 쌩쌩 바람처럼 지나가는 벚나무 아래를

그 벚나무 아래를 떠나지 못하는 벚나무의 자손들이 마당을 쓸고 화단을 가꾸기도 하고 바람이 머물다 간 자리를 깨끗이 정돈하기도 하고 낮잠을 즐기는 게으른 시간을 깨워보기도 하는 벚나무 아래를, 벚나무 아래마저 기억하지 못하는 벚나무 아래에

꽃이 피고 꽃이 언제 졌냐는 듯 처음 당신을 만났을 때처럼

당신과 한 살림 차리고 싶은 이런 집 어디 없을까요?

그림자

나 그림자 뒤에 숨고 싶어라

길게도 짧게도 없어지기도 하는 그림자 뒤에 숨고 싶어라

점점 그림자는 신출귀몰(神出鬼沒)하여 하루에도 몇 번이
나 몸을 늘이기도 줄이기도 심지어 뾰옹 하고 없어지기도
하는 그림자

나 그림자 뒤에 숨고 싶어라

고추잠자리 한 마리 앉았던 자리 노란 은행잎 하나 뒹굴
던 자리 첫 눈이 내렸다 사라진 자리

그 자리

나 그 자리에 외발로 서서 뒤뚱뒤뚱거리는 오리처럼

오래 오래 천천히 숨고 싶어라

밤은 그림자의 대부

나 낮보다 밤이 좋은 이유를 이제야 알겠네

뒤뚱거리면서 외발로 서서 알겠네

세수를 한다

세수를 한다

세수하고 돌아서면 또 세수하고 싶다

물기를 닦고 거울을 보면 저 자신 없는 얼굴,

썻고 썻어내도 남아 있는 어두운 얼룩들

박박 밀고 뽀득뽀득 문질러도 햇살이 비집고 들어올 틈
하나 없는 얼굴,

무겁고 침침한 커튼 같은 벽을 걷어 내는 일은 세수를 하
는 일

희미한 등불 아래 벽거울 앞에 두고 세수를 하고 또 한다

가슴 깊은 곳으로부터 뜨거운 피가 솟듯 피부가 발개지도
록 빡빡 문지른다

세수하지 않은 얼굴을 누가 볼까 세수를 한다

세수하지 않고는 한 발짝도 집 밖으로 나갈 수 없다는 듯 세수를 한다

손발을 씻는 것보다 중요한 일은 얼굴을 씻는 일이기에 새벽부터 공을 들인다

저이의 얼굴은 얼마나 자주 세수를 했기에 저리도 반짝 당당할까

반질반질 광채가 날까

신호위반 속도위반 한 번 하지 않았다는 듯 코가 우뚝하다

어머니의 손을 오래오래 지긋이 잡아 주었다는 듯 눈매가 선하다

이런 얼굴들을 볼 때마다 나는 더 주눅이 든다

아이들 어깨가 처지는 이유가 세수하는 일에 있다는 듯

아이들을 다그치느라 입은 쉴 새 없다

씻다가 씻다가 피부가 벗겨지더라도 폭포 아래서 피를 토
하고 득음을 얻듯이

오늘도 나는 세수를 한다

영영 가을이다

가을이다 아니

귀뚜리가 우는 것을 보니 가을이다

시집이라도 한 권 사서 옆구리에 끼고 다녀볼까

시집을 살짝 펼치면 파란 하늘이 보이겠지 파란 하늘에 빨래줄 같은 흰 선을 팽팽하게 당겨두고 비행기 한 대 날아 나오겠지

조는 듯 빨랫줄에 앉아 있던 고추잠자리 떼들 왕창 비행기를 따라 나와서는 그 얇은 날개를 서로 부딪칠 듯 가을이다

붉게 물드는 단풍잎을 좀 구경하다 심심하면 심심해서

가을이다 가을이니까

시집을 펼쳐놓고 좀 멍하게 앉아 있어도 좋겠지

가을은 좀 느슨해도 괜찮으니까

코스모스 길을 달리는 자전거 한 대 있으면 더 좋겠지

멀리 산 우듬지에는 파란 하늘 흰 구름 몇 걸려 있고, 자전거 긴 머리카락 바람을 가르며 아! 나도 저 머리카락을 따라 코스모스 길을 달려가겠지 달려가다 달려가다 머리카락 사이로 해는 지고

아이쿠, 이런!

시집을 펼쳐놓고는 가을이다 가을이라

그만 덮는 것을 잊어버렸지 뭡니까

아직도 그 시집 속에서 비행기가 고추잠자리가 귀뚜리가 오, 곱게 물든 단풍이 그래요

코스모스 길만은 살짝 도로 집어넣어 자전거 긴 머리카락
이 가을이 다 가도록 촬촬 체인 소리 영영 시집을 덮지 못하
겠어요

내가 시집을 덮지 않으면 영영 가을이다

흔들고 싶어라

나 노란 나비 날개 같은 비옷 입고 손 흔들고 싶어라

나 노란 병아리 다리 같은 장화 신고 손 흔들고 싶어라

나 비옷 속에 노란 풍선 같은 가방 메고 손 흔들고 싶어라

흔들고 싶어라 눈앞이 노래지도록 흔들고 싶어라

나 창문이 노란 버스 맨 뒤 좌석에 앉아 오래오래 손 흔드
시던 어머니, 어머니가 안 보일 때까지 나도 흔들고 싶어라

그렇게 손 흔들다 보면

발바닥이 온몸이 은행잎처럼 노랗게 물들 때까지

서 계셨을 어머니,

(다만 청소부 아저씨는 좀 쉬세요 가로등도 도로도 달리는 차들

도 거리가 온통 노랗게 물들 때까지 오래오래 손 놓고 쉬세요)

어머니, 검은빛 우산 위에 떨어지는 노란색 은행잎처럼 손
흔들다 보면

은행잎을 다 떨구고도 노랗게 서 있는 은행나무, 은행나
무 위에 까치집, 까치집에 까치도 까치 위에 하늘도 그래, 하
늘에 사시는 하느님도 노랗게 물들 때까지

나 어머니처럼 종일 서서 손 흔들고 싶어라

봄날

야외작업장 귀퉁이에 사는 아카시나무 아래

오줌을 갈깁니다

겨우내 해 오던 짓입니다

그러고 보니 아카시나무 키가 부쩍 자랐는데요

쉬를 한 덕택인지 모를 일입니다

제가 알기로는 들고양이들도 이곳에 종종 오줌을 눕니다

오줌을 누다 그들과 눈이 딱 마주치는 날은

그만 슬쩍 얼굴이 붉어지고

아마 그들도 나처럼 못 본 척 하나 봅니다

오줌발이 좀 강한 날은

아카시나무 온몸이 부르르 떠는 것 같아

나도 몰래 가슴이 뛰다가 주위를 둘러보기도 하는데

이건 순전히 경험입니다마는

봄 햇살이 아카시나무 우듬지에 내가 모르는 신호를 보내
는 게 틀림없습니다

이런 날은 부러 아카시나무 아래까지 천천히 가보는데

몇 번이고 가보는데

가보면 어김없이 들고양이들도 어슬렁거리고

가지 사이사이 애채들이 빠꼼빠꼼 고개를 내미는 게 보이

는데요

따라 내 몸도 근질근질한 것이

아! 이쯤 되면 틀림없는 봄날입니다 그려

제 2 부

뒤

뒤, 뒤는 언제나 애잔한 것들의 차지이다

앞이 빛나는 것은 뒤가 그만큼 어둡기 때문인데 하루의
끝이 애잔한 것이 노을 때문인 것처럼

두 눈 똑바로 뜨고 쳐다볼 수 없도록 해가 빛나는 것은 해
의 등이 그만큼 어둡다는 것일지니

저어기 달의 이마가 은은하게 빛나는 것도 앞서 걷는 당
신의 등이 한 짐인 것도

그래 오늘은 누구를 만나도 그의 등 뒤에 슬쩍 서고 싶다

고마 뭐 쫌이라는 놈

안경잽이 아들이 컴퓨터 앞에 앉아 무언가 열심히 하고 있다

내 생각에 쪼매 내 눈치를 보는 것도 같다

티브이에서는 프로야구가 한창이다

야구장이 너무 뜨거워서 그런가 조마조마해서 그런가

사람들이 가만히 앉아 있지를 못한다

야구경기를 보다 슬쩍, 아들 눈치를 보다 슬쩍, 몇 번을 물어볼까 망설이다

물어봤다

지금 하는 기 뭐꼬?

아무것도 아입니더 고마 뭐 쫌 합니더

고마 뭐 쫌이 뭔데? 물어보려는데 도루를 하다 아웃을 당한 모양이다

내가 몰라도 되는 고마 뭐 쫌이 있는 모양이다

내가 생각해도 아들과 내 사이에 고마 뭐 쫌이 있는 것 같다

안경잽이 아들 안경알이 자꾸 두꺼워지는 게 걱정이다

분명하다

오늘도 해가 동쪽에서 뜨고 서쪽으로 질 것이 분명하다

누군가는 동쪽으로 가고 누군가는 서쪽으로 갔다는데

무슨 이유가 있을까 싶다가도

무슨 이유가 있을 것이다

학교 다닐 때 2교시나 3교시를 넘기지 못하고 도시락을
비우듯 그 버릇은 여전하여 출근하면 여전히 점심시간이 기
다려지는 것과 같이

무슨 병력(病歷) 같은

그런 게 있는 것이 분명해 보이지만

나는 더 이상 서쪽이든 동쪽이든 따지지 않기로 한다

따지는 것도 사실 배가 부르면 입술이 날카롭지 않고 눈
매가 새파랗지 않다

분명한 것은 나는 아직 배가 고프다는 것이다

배가 고프다는 것은 분명 무슨 이유가 있을 것이다

있을 것이 분명하다

햇살이 너무 좋아

봄 햇살이 너무나 좋아

문득,

이런 생각이 들었네

앉은 채로 영영 잠들면 참 좋겠다고

잠시 진짜 잠시 그런 생각에 젖어들다가

새까만 눈망울의 새끼들 떠올리곤

언감생심(焉敢生心)

어쩌겠는가

그래도 햇살이 너무나 좋은 것을

바람이라곤 찾아볼 수 없는 이런 봄날

단 한 번이면 어떠한가

이런 생각 하고 나니

마음이 좀 숙연해지는 것을

선풍기

어릴 때는 돌기만 하는 선풍기가 슬프다

좀 자라서는 도는 줄도 모르는 선풍기가 슬프다

첫 직장에서는 돌아도 돌아도 배고픈 선풍기가 슬프다

어릴 때도 그랬지만 좀 자라서도 그랬지만

첫 직장에서도 그랬지만 선풍기가 슬프다

돌기만 하는 선풍기처럼 제자리에서 돌고 있는 것들

탑돌이 하듯 나는 좀 착하게 살았는지 돌아볼 일인데

돌아볼 새도 없이

어릴 때도 그랬지만 좀 자라서도 그랬지만

첫 직장에서도 그랬지만

돌지 않으면 그 자리에서 쓰러질 듯 도는 선풍기가 슬프다

밥상을 중심으로 오랜만에 식구들이 빙 둘러앉아 있어도

유별나게 막내의 목소리가 좀 큰 것을 빼고 나면

이런 날은 틀림없이 돌다 제자리로 돌아온 하루가 다 슬프다

선풍기는 슬프다

짐짓 모른 체

한 발짝이나 비켜서서 걷는 그림자를 부러 못 본 체

그냥저냥 걸어 볼 일이다

개나리꽃 노랗게 물들면 따라 그림자도 노오랗고

찔레꽃 하얗게 물들면 따라 그림자도 하이얀

노을이 내 이마 어디쯤 머물다 가면

따라 내 이마가 붉게 물드는 그런 길 한 번쯤

그냥저냥 걸을 일이다

가다 지치기라도 하면

잠시 노을의 옷섶을 끌어다 짐짓 모른 체 깔고 앉아 볼 일이다

어느새 따라 엉덩이 걸치는

그림자 엉덩이를 토닥토닥거리다 보면

내 이마 어디쯤에도 반짝 별 하나 슬쩍 자리 잡는데

그때서야 왔던 길 길게 되돌아볼 일이다

나의 하느님

1층에 살다 11층으로 이사했다

좀 더 하느님 가까이 가고자 아버지처럼 나도 청춘을 바쳤다

사실, 몇 번의 고비가 있었지만 지하로 떨어지지 않은 것은 엄청난 행운이다

분명 지하에는 하느님이 없기 때문이다

지하에 하느님이 있다면 사돈의 팔촌에 바짓가랑이를 잡고서라도 내려가기 위해 줄을 서겠지만 쉽게 지갑을 열지 않는 것이 증명하고 있다

이사한 아파트 승강기는 1층에서 23층까지 올라갈 수 있다

승강기를 타고 날마다 고민을 하지만 선택은 늘 한가지다

잠시 잠깐 12층 13층 계속 오르면 하느님께 좀 더 가까이 갈 수 있을 텐데 라고 욕심을 부려보지만 갈수록 힘이 부친다

하느님은 지상과 지하의 경계처럼 나와의 거리를 언제나 명확하게 구분하고 있다

아직까지 하느님과 나와의 거리는 12층 복덕방 아저씨보다 멀지만 10층 신혼부부보다는 가깝지만 갈수록 베란다에 서서 창문을 열고 스스로 시험에 드는 날이 많아지고 있다

언제나 내려 볼수록 어지럽고 치볼수록 평화로운 것은 아래가 아니라 위에 하느님이 있기 때문이다

부재(不在)

전화를 겁니다

어제도 오늘도 전화를 겁니다

전화 받는 사람 없습니다

그래도 전화를 겁니다

너무 외롭습니다

너무 외롭습니까 받아 주는 사람 없습니다

그래도 전화를 겁니다

한 번도 지상으로 올라가 보지 못한 내 목소리는 지상으로 통하는 마지막 계단에서 매번 좌절하고 맙니다

그래도 또 전화를 겁니다

전화 받을 수 없다는 목소린 들리지 않고 뚜우뚜우 단절된 신호음이 무슨 암호처럼 들려와 나는 골방에 숨어 마지막 모스부호를 전송하는 영화 속 한 장면처럼 더욱 어둠 속으로 숨어들어 전화를 걸지만 전화 받는 사람 없습니다

그래도 또 내일이면 고압의 직류를 만들어 전화를 겁니다

거기 누구 제 전화 좀 받아주세요

받는 순간 당신은 감전될지도 모릅니다

오리와 나

이제는 두 발로 빨리 걷는 것이 너무 힘들다네

앞만 바라보고 눈에 불을 켜야만 하는 하루가 너무 무섭다네

무서워도 무섭다고 말하지 못하는 시간이 더 무섭다네

그렇다고 이 무서운 하루하루를 어찌할 수 없다네

그래서 마음을 먹었다네

오리가 되기로 마음을 먹었다네

오리가 되어 두 발을 사뿐히 접고 창공을 날아 보기로 마음을 먹었다네

오리처럼 궁둥이를 씰룩이며 나는 연습을 했다네

아무리 나는 연습을 해도 발을 접을 수 없었다네

그렇다고 어른으로서 가장으로서 쉽게 포기할 수도 없다네

그래서 오늘도 오리처럼 궁둥이를 씰룩이며 나는 연습을
한다네

맨날 연습만 한다고 아내에게 눈칫밥을 먹지만 차라리 날
아갔으면 좋겠다고 말하지 않는 아내에게 미안하다네

궁둥이를 씰룩이며 걷기에도 바쁜 오리가

높이 날 수 없는 이유가 여기에 있다는 것을 알면서도

미안하면서도,

나는 이 시간만큼은 즐겁다네

미안하다

미안하다 이 가을에

꿇어앉아 빌어도 시원찮게 미안하다

하늘이 높다고 쉽게 내뱉은 말 한마디가 미안하다

그 하늘에다 목을 걸고 밥을 구하는 당신을 미처 보지 못했구나

미안하다 미안하다 자꾸 미안하다고 해서 미안하다

코스모스 가는 목을 보면서 아버지를 떠올려 아버지에게 미안하다

아버지처럼 내 목도 점점 야위어지는 것을 나도 어쩔 수 없이 아버지구나 하고 미안하다

꽉 막힌 출근길 도로 위에서 또 미안하다

단풍은 산에서 내려오고 사람들은 산으로 올라간다고 이
가을이 그렇다고 떠들었던 내 입이 미안하다

정작 가을 하늘이 높아도 쳐다볼 수 없는 당신에게 이 땅
의 정규직 노동자로서 나는 미안하다

미안하다 이 가을에,

이 가을이 다 미안하도록 나는 미안하다

풍성한 계절이 돌아와도 풍성하지 못한 가을 대신 내가
당신에게 미안하다

진짜 가을은 좋은 계절이라고 딱이라고 말할 수 없어 미
안하다

가을에게 더 미안하다

기술자

기계를 능숙하게 다루는 사람을 우린 기술자라고 부르지
만 그건 너무 경직된 호칭이다

평생을 기계와 같이 사는 사람

평생을 기계를 이고지고 사는 사람

평생을 기계를 위해 밥을 하고 물을 끓이는 사람

평생을 기계를 위해 아이를 낳고 기르는 사람

햇살이 산과 들에 골고루 은혜처럼 퍼지고 바람이 햇살을
헤집어 놓는 것은 다 이유가 있듯 기계와 가끔 언성을 높이
거나 심지어 등을 돌리고 험담을 하는 것도 다 이유가 있다

부부는 칼로 물을 베며 산다 하지 않는가 어쩌다 물에 칼
이 베이는 수도 있지만 그건 정말 어쩌다 일어나는 일

기술자는 기계를 탓하지 않는다

그래서 아내에게 미안하고 아이들이 늘 고맙다

고맙다

내가 출근하는 길에 꽃이 아직은 피지 않은 배롱나무가 줄지어 있는데요

꽃이 피려면 출퇴근길 마산 봉암다리 등짝이 휘청 휘어졌다 펴지기를 몇 번을 더 해야 되는지 기약이 없는데요

그러다 어느 아침, 나도 모르는 아침에 꽃들이 몸을 내밀게 되는데요

한 번 내밀은 몸뚱이를 어찌할 수 없어 백 일이나 장장 피어 있다고 해서 백일홍이라고 한다는데요

왜 배롱나무라 이름 붙여졌는지는 그리 중요하지 않아요 그냥 이 꽃이 피면 여름이고 이 꽃이 지면 가을도 저물어 간다는데요

한여름에 꽃을 밀어 올리느라 나무의 몸뚱이는 햇볕에 데여 온통 피부가 벗겨지는 고통을 참아내야 한다는데요

지난여름을 건너온 아버지 등짝이 이러했는데요 어머니 손등이 이마가 이러했는데요

　어머니와 아버지가 피워낸 꽃은 여름에도 가을에도 보이지 않았는데요

　그래도 내 출근길 퇴근길에 장장 백 일이나 지지 않는 꽃을 보고 있으면요

　이번 겨울도 잘 넘길 수 있을 것 같다는 다짐 같은 것을 해보는데요

　배롱나무야배롱나무야 이 가을이 고맙다

　내 손을 잡고 어머니가 하시던 말씀이 꽃처럼 번지는데요

탁상시계

예약해 놓은 아침이 째깍째깍 밤을 갉아먹고 있다

이 밤 어둠을 다 먹어 치우지 않고는 올 것 같지 않다는 듯 사각사각 갉아먹고 있다

순전히 저 초침과 분침과 시침이 가위질하는 능숙한 손놀림 덕에 나는 아침을 맞는다

가끔은 저 손놀림이 어긋나기라도 하면 아침을 당황하게 만들기도 하지만 그보다 눈 감으면 영영 오지 않을 것 같은 아침 때문에 나는 밤이 더 두렵다

한참 몸을 누이고도 잠 못 드는 날은 초침 소리를 따라 길을 찾아 나서보기도 했지만 길은 쉽게 찾을 수 없었다

이런 날은 통통 부은 두 눈두덩 사이에 걸린 늦은 아침을 시침과 분침이 성큼성큼 잘라 먹고 있었다

어둠이 짓누르는 이 불안을 어찌해 볼 수 없을 때 탁상시계 초침 소리는 망치소리보다 더 크게 가슴을 친다는 것을, 이런 날은 아내도 밤새 초침 사이를 넘나들고 있다는 것을

이미 탁상시계는 잘 알고 있다

오늘은 저 탁상시계 속으로 탁상시계도 모르게 들어가 봐야겠다

초침과 초침 사이를 아무도 모르게 사뿐 다녀와야겠다

바람

솔숲에 가면 솔바람 불고요

강가에 가면 강바람 부는데

공단에는 무슨 바람 불까

가슴만 두근거리네요

솔바람 불면 솔 향이 좋고요

강바람 불면 마음 설레어 좋은데

공단에는 무슨 바람 불까

무슨 바람 불까 콩닥콩닥

가슴만 뛰네요

저녁이 되어도

저녁이 되어도 나는 한가하여

이 한가한 저녁에 무엇하러 매미는 죽자고 우는지

매미 울음 같이 왕왕거리는 학원 봉고차에 실려 아이들이
집집으로 돌아오고 그제사 집들은 좀 부산해져 집 같아지는

언제였더라 해가 져도 죽자고 울기만 하는 매미들이 인구
(人口)에 회자되기도 했지만 저녁이 깊어도 나는 한가하여

이 한가한 저녁을 어찌할 바 몰라 이런저런 손을 놓지 못
한다

그래서, 나는, 저녁이 되어도

제 3 부

나는 날마다 거울을 본다

비온 뒤 떨어져 나뒹구는 꽃잎을 본 적 있나요

예

있다마다요

하늘을 보아요

습관처럼 잔디밭에 누워 하늘을 보아요

너도나도 다 같이 누워 반듯하게 누워 하늘을 보아요

누구의 하늘도 아닌 나의 하늘을 보아요

하늘을 보다 잠이 들면 또 어때요

그때는 하느님을 보아요

나의 하느님을 보아요

군데군데 구름이 지층처럼 계단처럼 한 발 올려놓고 싶도록 한 발 올려 보면 누군가 손을 내 손을 잡아 줄 것 같아요

반듯하게 누워 너도나도 하늘을 보아요

이렇게 영영 깨어나지 않아도 좋을 하늘을 보아요

소를 치다 벌렁 드러누워 보았던 하늘

그 하늘을 보아요

하늘 너머 어딘가에 있을 그 하늘을 보아요

여기까지예요 항상, 잊지 마세요

지금은 점심시간이에요 곧, 일 시작 종소리가 울릴 거예요

체 게바라를 읽는 밤

반성부터 하기로 해요

아침은 그냥 오는 줄 알았으니까요

당신의 길은 해 뜨기 전에 집을 나섰다가 해 지기 전에 돌아올 수 없는 길이었다고

스스로 아침이 되겠다고 결심을 굳히는 「나의 삶」을 읽으며 나도 내 삶과 조국을 생각했다고

내 나이 열다섯 살 때,
나는
무엇을 위해 죽어야 하는가를 놓고 깊이 고민했다
그리고⋯⋯,

여기까지 읽다가 나는 왜 열다섯 살 처음 공장에 출근하던 내 모습을 떠올렸을까

전사(戰士)는 전사인데 왜 산업전사가 되었을까

산업전사에게도 무엇을 위해 죽어야 할 깊은 고민이 필요할까

「나의 삶」을 읽으며 지금부터 고민해 보기로 했어요

그리고 오늘 밤 일기장엔 꼭 이렇게 쓰면 좋겠어요

무엇을 위해 죽어야 하나 무엇을 위해 죽어야 하나……

자전거 타고 공장 한 바퀴

좀 일찍 출근해서는 쓰윽 공장 한 바퀴 돌아보는 거야

걸어 다니기엔 너무 넓어 자전거바퀴 바람 빵빵한 놈 한
놈만 깨워 쓰윽 공장 한 바퀴 돌아보는 거야

쌩쌩 자전거바퀴살로 어스름을 가르며 쓰윽 공장 한 바퀴
돌아보는 거야

눈 빤히 뜨고 멀뚱멀뚱 천장만 바라보고 있을 아들놈에게
도 공장을 돌 듯 운동장 한 바퀴 돌고 오라고 눈치를 쓰윽
줘보는 거야

시험 공부하다 늦게 잠들었다는 변명도 공장 한 바퀴 돌
듯 쓰윽 들어주는 거야

그렇게 쓰윽 공장 한 바퀴 돌다 보면 저만치 자전거 바퀴
만 한 빵빵한 해가 쓰윽 솟는 거야

공장을 한 바퀴 도느라 바람이 느슨해진 자전거 바퀴 대신 해를 쓰윽 끄집어내려 앞바퀴에 갈아 끼우고는 다시 쓰윽 돌아보는 거야

  쓰윽 한 바퀴 돌기만 해도 왁자지껄 재잘재잘 공구들이 아이들마냥 반짝반짝 난리를 피우는 것을 나도 어찌하지 못하는

  직업병처럼 하루도 빠짐없이 자전거 타고 공장 한 바퀴 쓰윽 돌아보는 거야

트랜스포터*

가만있다

웅크리고 있다

겨울 곰 같다

폭풍전야 같다

거대한 옛 왕들의 무덤 같다

뚝 떨어지는 한 방울 눈물 같다

울컥한다

왜 울컥하는지 모르게 울컥한다

컨테이너 사무실 유리창에서 바라보는

비 내리는 야외 작업장

비 맞는 트랜스포터

웅크리고 있다

가만있다

*트랜스포터는 수십 톤이나 수백 톤의 중량물을 옮기는
  운반용 기기이다.

월차휴가

끊어 버리자

단 하루만 끊어 버리자

긴장이 맥박처럼 뛰는 하루만 끊어 버리자

외로움이 노을처럼 스며드는 하루만 끊어 버리자

질질 끌려 다니다

내가 먼저 지쳐 쓰러지기 전에 끊어 버리자

도마뱀 꼬리처럼

툭!

끊어 버리자

멍에처럼 짊어진 노동의 무게

무거워 무거워서 어찌어찌 끌고 갈 수 없다면

툭 끊어 버리자

그림자라도 끊어 버리자

딱 하루만이라도 끊어 버리자

그만 병문안 가자

기계를 돌려 쇠를 깎다가 그만

망치를 내리쳐 굽은 쇠를 펴다가 그만

용접봉을 녹여 쇠를 붙이다가 그만

그라인더로 쇠를 갈아내다가 그만

절단기로 쇠를 자르다가 그만

페인트칠을 하다가 그만

그만 그만 그만

그만 그만

그만

병문안 가자

안전한 사고

안전과 불안전은 항상 연인처럼 붙어 다닌다

안전과 불안전은 칼로 물을 베는 부부처럼 붙어 다닌다

안전사고는 안전한 사고라는 모순이 붙어 다닌다

사실 안전사고라는 이 말을 붙잡고 따지기에는 현실이 만
만찮다

그만큼 안전사고는 눈을 감자마자 오는 아침처럼 가까이
와 있다

우리 공장에는 올해 일어난 안전사고가 손가락을 꼽고도
남는다

반면 안전하지 않아서 일어난 사고는 몇 건인지 알 수가
없다

알 수가 없기 때문에 우린 아침마다 '안전제일'을 외치고
있다

아버지가 그랬듯 새마을 운동처럼 외치고 있다

정리해고

소문은 선뜻 겨울 작업복을 벗어 버리지 못하도록 은근히 날이 선 채로 왔다

소문은 공장정문 앞에 버티고 있는 늙은 소나무 가슴을 슬쩍 베고 왔다

소문의 몸에는 따뜻한 온기 대신 오소소소 소름이 돋은 채로 왔다

소문은 제복을 칼같이 차려입은 용역들을 앞세우고 왔다

소문에 대한 소문은 소문만으로도 기세를 떨치며 왔다

소문의 입에는 차고 무거운 침묵이 물린 채로 왔다

소문은 목련이나 개나리보다도 더 빨리 왔다

소문에 대한 소문은 사실이 되어 왔다

소문은 쓰나미처럼 왔다

얼음골

왜 갑자기 일하다 엉뚱하게 밀양 얼음골이 생각났을까

굽이굽이 가지산 허리를 타고 운문사 가는 길 눈대중으로 저기쯤 되겠거니 하고 마음만 주었더랬는데, 왜 얼음골 사과가 아니고 얼음골이 생각났을까

그래 생각난 김에 가보는 거야

사과가 익기 전에 모범운전수처럼 달려가서는 가뿐하게 달려가서는 얼음지기가 있나 없나 살살 살펴보고는 얼음을 양손 가득 떼어내어 화아— 하고 불어보는 거야

시원한 바람이 선풍기 앞에 섰을 때처럼 시원한 바람이 땀 줄줄 옷 흥건 젖어 있는 일당바리 김씨 쪽으로 불어보는 거야

어리둥절 이렇게 시원한 바람이 어디서 오나 어리둥절

김씨를 보면서 나는 즐거운 거야 룰루랄라

한 번 더 입을 모아 화아— 하고 불어보는 거야

온 공장이 다 시원해지도록 숨을 깊게 들이쉬고는 화아아—
하고 불어보는 거야

얼음골 얼음이 더 꽁꽁 얼어주었으면 하고 기도하듯 화아—
하고 불어보는 거야

그러면 틀림없이 얼음골 얼음은 더 꽁꽁 얼어줄 것이고 나
는 내년 여름에도 달려와 주렁주렁 매달린 사과는 제껴두고
얼음을 양손으로 떼어내어 화아—

화아— 하고 불어보는 거야

일요일은 일요일이다

일요일은 일요일이다

일요일은 일요일일 뿐, 일요일은 언젠가부터 쉬지 못한다

늦잠을 자 본 경험이 없는 이들이 일요일 새벽을 두들겨
깨우고 있다

갈수록 견고한 것은 쉬지 못하는 일요일뿐이다

달력 속에 빨갛게 줄지어 있는 일요일

일요일은 자기 빛깔이 무슨 빛깔인지 모른다

네이버 검색기를 돌려 봐도 일요일은 일요일일 뿐이다

신문은 쉬어도 일요일은 쉬지 못한다

일요일은 일요일이다

새 기계

헌 기계 들어내고 바로 새 기계 들여앉히고는요

떡하니 한 상 차려 고사까지 지내고요

두루두루 건넨 막걸리 주는 대로 받아 마시고는요

밤새 취해 비틀거리지나 않았나 하고요

아침 일찍 출근해서 살펴봤더니

어라!

나보다 먼저 일할 준비 끝내고는요

헌 기계가 보란 듯 씩씩 콧김을 내뿜고 있는 기라요

고마 겁부터 나데요

일요일

일요일은 짧구나

너무 짧구나

막상 찾아왔는데 짧구나

티브이 채널을 바꾸어도 짧구나

딸애는 친구 만나러 가고 짧구나

아내는 늦잠을 자고 짧구나

어머니는 기린목이 되었다고 짧구나

조용히 천장을 마주하고 짧구나

너무 짧구나

일요일은 짧구나

고슴도치 목보다도 짧구나

노루꼬리보다 짧구나

더 짧구나

돼지에게 미안하다

점심시간을 앞두고 날아온 그의 부음을 듣고도 밥을 먹
는다

귀로 들은 부음 같은 것 아랑곳없다는 듯 목구멍은 밥을
잘도 받아 넘긴다

정신줄 놓고 있을 그의 아내를 떠올리면서도 숟가락질은
멈추지 않는다

그의 두 딸이 받을 충격을 알면서도 위장은 쩌억 입을 벌
리고 밥을 받아들이느라 바쁘다

그와 나누었던 약속이며 부딪혔던 막걸리 잔으로도 어찌
할 수 없는

이 졸렬한 존재여!

한 끼 정도 그를 위해 굶어도 좋으련만 한 끼 밥 앞에서

나는 소크라테스를 생각한다

소크라테스의 돼지를 생각한다

돼지에게 미안하다

앵앵거리다

사철나무도 사철 내내 푸르다는 것이 짐이 될 때가 있을
까요

거침없이 펄럭이고자 했던 깃발 아래서 한 시절 함께 가자
주먹 불끈 푸른 땀방울 쏟아냈던 당신을 불러봅니다

그 시절 골짜기가 깊고 깊어 좀체, 햇살 반짝 빛 하나 쉽게
받아들일 수 없는 시간의 깊이를 어떻게 설명해야 할까요

오늘 부르다 불러보지 못한 이름들이 손때 묻은 프레스며
밀링이며 선반이며 용접기나 산소 절단기에 이명(耳鳴)처럼
달라붙어 앵앵거리고 있습니다

사철 변하지 않는다는 사철나무 앞에서 빨주노초파남보
돌고 도는 기계 앞에서 당신을 불러봅니다

말

오늘은 말이야 큰 맘 먹고 말이야 기계를 말처럼 타 보기로 하는 거야 기계의 등에 처—억 올라앉아 두 발로 힘껏 기계의 배를 차면 말이야 말처럼 이힝— 하고 갈기를 곧추세우기라도 하면 말이야 바람을 가르는 말발굽 소리를 먼지처럼 남기고 서는 물론 안전하게 말이야 혹 말에서 떨어지기라도 하면 말이야 떨어지기라도 하면 말이야 아무래도 오늘은 말이야 기계를 말처럼 타고 앉아 신나게 말이야 푸른 들판을 양쪽으로 좌아—악 갈라 보고 싶은데 말이야 다다다다 온 공장이 울리도록 말을 몰아가다 보면 말이야 어느새 배도 출출할 거야 그때쯤이면 분명, 작업량도 120%는 거뜬하게 말이야 오늘은 오늘은 말이야 큰 맘 먹고 말이야 기계란 놈의 등에 앉아 두 발로 냅다 배를 차며 이랴 이랴— 하고 말이야 기계를 말이야

제 4 부

고맙습니다

내 언제까지 이렇게 허연 쌀밥을 먹을 수 있을까?

소나기는 쏜살같다

소나기가 지나가누나

얼마나 빨리 지나가는지 해의 꼬리가 잘리기도 전에 지나가누나

소나기다 하고 하던 일 멈추고 피하자마자 지나가누나

매미가 울던 울음을 멈출까 말까 고민하는 사이 지나가누나

소나기라도 한 줄기 내렸으면 하고 하느님 하고 기도가 끝나기도 전에 지나가누나

소나기는 이렇게 빠른 것이구나

그래서 허리가 구부정한 노인네들이 모여 앉아서는 '소나기처럼……'이라는 말이 생겼구나

소나기가 지나갔다 이렇게 쓰면 나도 사십 중반, 너무 빠른 것 같아서

소나기가 지나가누나 좀 늘어지게 써 본다고 해도

어느새 소나기는 쏜살같구나

쏜 살 같구나

탓

가을이구나 하고 가을이구나

들판에 나락이 딱딱 익어가는 가을이구나

가을이구나 하고 가을인데 나는 흰쌀밥 대신 쇳밥을 너무
먹어 온몸이 딱딱 쇳소리를 내는구나

입만 열었다 하면 뾰족한 날카로운 딱딱한 말들이 튀어나
와 낭패구나

노랗게 물드는 가을 들판처럼 내 말은 풍성하지 못하구나

입으로는 가을가을 하는데 겨울겨울 하고 서릿발이 솟구나

아무래도 탓은 쇳밥 탓이구나

그래도 가을이구나

가을이구나 하고 가을이구나

좋겠다

내 귀는 소음으로 가득 차 넘친다

웅웅앙앙잉잉징징웅웅지지지징—

무슨 소리가 마음이 이리도 제각각인가

내 귀가 얇아 알아들을 수 없는 것은 새소리요 바람소리요 물소리라

오히려 쟁쟁거리는 기계소리가 더 정다웁다 하면 누가 믿을쏘냐

첫 새벽 아기 울음소리조차 유별나게 들리는 도시에서 별 하나 긴 꼬리를 남기고 어디 그리 바삐 가시나? 묻고 들을 새도 없이

어두운 밤하늘이 더 어두웁다

내 귀는 듣고도 듣지 못하고 들어도 들리지 않는다

귀가 뚫리는 날 혹 있기라도 할라치면 새소리 실컷 들으며 바람을 타고 놀아야겠다

물소리도 좀 잔잔한 게 좋겠다

참 가끔 알은체를 하는 개 한 마리 정도 있으면 더 좋겠다

컹컹 짖어 주기만 해도 그때쯤 얼마나 좋으랴

은근히 즐거운

당신은 어떨지 모르지만 일요일이 은근슬쩍 기다려지는
것은, 즐거운 것은, 아니 당신이 들으면 고개를 갸웃 할지 모
르지만 콧방귀를 뀔까 염려도 되는, 나는 월요일부터 화요
일을 지나 점점 다가오는 일요일이 즐겁다

일단 일요일에는 좀 늘어지게 방바닥에 배를 깔고 등을
붙이고 있다 보면 아침은 슬쩍 건너뛰고 그로부터 내 즐거
움은 슬슬 시작되는데

생각만 하면 월요일부터 입가에 웃음이 침처럼 흘러내리
는데 아이들도 아내도 없는 조용한 집에서 바로 라면을 끓
이는 일인데

어릴 적 동네 어른들이 라면 회취(會聚)를 하는 날 라면보
다 국수가 더 많은 라면 그릇을 받아 들고 후후 불어가며 라
면가락을 먼저 찾았던 기억을 우선 기억하는 일인데

팔팔 끓는 물에 라면을 넣고 젓가락을 휘휘 저어 라면이

얼추 익을 것 같으면 스프를 넣고 불을 약간 줄여 주고는
'파 송송 계란 탁' 영화의 한 장면처럼 미리 준비한 계란을
탁 깨어서 넣는 것인데

　이때의 즐거움은 말로 표현이 안 되지만 더 중요한 것은
월요일부터 기다려지는 라면 끓이기는 일생일대의 중요한
일인 양 일주일을 오롯이 기다리는 일인데

　내 월요일은 지난 일요일과 다가오는 일요일 사이에서 라
면을 끓이고 있는데 라면을 끓여서는 윗집 아랫집 아재 아
지매 할 것 없이 소리쳐 불러서는 회취를 하고 싶은데

　라면가락이 좀 퉁퉁 불더라도 누구라도 올 때까지 기다려
보는 일인데 기다리다 기다리다 안 되면 하느님이라도 불러
보는 일인데

나의 자전거

　오늘은 자전거를 타는 거야 왼발을 페달에 올리고는 오른 발로 땅을 밀어 사뿐 자전거를 타는 거야 바람은 좀 시원하게 갈라졌으면 좋겠고 버짐나무 잎들이 뭉텅뭉텅 구름처럼 달려왔으면 좋겠어 그래 자전거를 타 보는 거야 안장이 좀 삐걱거리는 자전거면 좋겠어 내 다리가 좀 짧아 엉덩이를 좌에서 우로 우에서 좌로 천천히 보는 이의 마음이 불안하지 않을 정도로 그렇게 자전거를 타는 거야 큰 소리로 인사를 건넸던 빡빡머리 때를 생각하며 누구도 좋으니 만나기만 하면 '안녕하세요' 하고 자전거를 씽씽 밀고 가는 거야 바쁜 아침이면 더 좋고 노을 속이라도 상관없이 자전거를 타는 거야 바람을 가르다 보면 몇십 년 정도는 왔다 갔다 하겠지 무료함 정도야 한 방에 날려 버리겠지 자전거야 너도 나와 같은 생각으로 바큇살로 햇살을 퉁기며 안장처럼 삐걱거리는 내 어깨에 올라 바람을 갈라 보지 않으렴 한 발에 앞바퀴를 올리고 다른 한 발에 뒷바퀴를 올리고는 힘껏 요령부터 울려보는 거야 따릉따릉 하고, 자전거를 타는 거야 자전거를 타다 지치면 길가 전봇대에 비스듬히 등을 서로 기대 놓고 우리가 양쪽으로 갈라놓은 바람이 서로 합쳐지는 모습을 가만히 보

는 거야 혹 코스모스가 핀 길이라면 더 좋겠지 그래 오늘은
꼭 자전거를 타 보는 거야 나의 자전거야 나의 자전거야

대천 해수욕장에서

해의 등이 푸르다

서쪽 끝은 서쪽 어디쯤에 있는지

아직 나는 모른다

서쪽에서 와서는 서쪽으로 돌아가는 모래 사이사이 파도
마저 서쪽으로 고단한 몸을 푸는

그림자를 따라 걷다 보면 어느새 내가 그림자를 짐처럼
끌고 간다는 사실도 서쪽으로 길을 잡은 다음에야 알았다

그러니까

오늘 내가 너무 서쪽으로 왔다

너무 서쪽으로 왔지만 나는 아직 서쪽 끝에 닿지 못했다

누구는 동쪽으로 간 까닭을 물었지만 오늘 나는 나의 서쪽 끝이 어딘지 이 긴 해의 꼬리가 다 감겨 나가도록 내 그림자를 물레질해야겠다

사막

밤 내내 불야성(不夜城)인 합성동 거리는 햇볕 가려줄 나무 한 그루 없는 뜨거운 사막 같다

(내가 가본 사막은 어디나 똑같았다)

저 모래 숲을 건너는 것이 입대(入隊)처럼 의무인 양 셀 수 없는 청년들이 불나방처럼 왕왕 몰려다닌다

그들이 지나간 자리에는 어김없이 모래성이 통과의례처럼 쌓이고 모래성 안에서는 사랑이란 이름으로 남발되는 맥주 거품 같은 주소 불명의 언어들이 뱀처럼 몸을 휘감고 있다

끝이 어딘지 모르는 사막 한가운데처럼 마산 합성동 거리엔 브레이크가 없다

스스로 사막을 건너는 연습을 멈출 수가 없는 것은 어둠이 내리면 내일이 불안하기 때문이다

난파선에 홀로 남겨진 날처럼 배가 어디로 가는지 알 수 없는 것은 불나방처럼 불을 벗어나 보지 못했기 때문이지만 이 사막을 쉽게 횡단할 수 없는 것은 아직 젊기 때문이다

오늘도 사막을 건너느라 지친 낙타의 숨소리가 합성동 밤 하늘엔 신기루처럼 아득하다

집

허리가 잘릴수록 가슴이 새파랗게 뛴다고 소문이 무성한
꽃집엔

꽃들의 집엔

장미는 장미끼리 국화는 국화끼리 스크럼을 짜느라 바쁜
꽃집엔

꽃들의 집엔

어디서 왔는지 언제 헤어질지도 모르면서 서로서로 몸을
부딪쳐 서로를 확인하느라 진지한 꽃집엔

꽃들의 집엔

꽃 자르는 가위 소리 요란하고 꽃집 밖엔 바람이 세찬
꽃집엔

꽃들의 집엔

햇살 한 줌 들어올 창문은 있을까

창문이라도 있을까

혼자서 한가해서

하느님과 놀기로 했다 물론 약속은 안 했다

그래도 하느님과 놀기로 했다 집에 있을까

하느님과 놀기로 했다 티브이를 보고 있을까

하느님과 놀기로 했다 그네를 타고 있을까

하느님과 놀기로 했다 모래집을 짓고 있을까

하느님과 놀기로 했다 다른 친구를 따라 학교 갔을까

그냥 불러 보기로 했다

하느님, 하고

마음속으로 불러 보기로 했다

나는 참 한가한데

나는 참 한가하여

하루 종일 혼자서 한가해서

하느님과 놀기로 했다

하늘

딱히 길이 보이지 않는 날 하늘은 길이 되어요

아니 스스로 길을 만들어요

길은 외길이지만 외길이라서 더욱 외길이어요

길 밝혀 줄 별빛 같은 이정표 같은 것은 따로 없어요

혹 당신께서 가시는 길에 노란 은행잎 몇 떨어져 있다면
잠시 멈추어도 좋아요

모르잖아요 누군가 먼저 간 흔적처럼요

뜨거운 눈물 한 줄기 같은 그런 거요

쫓기듯 고향을 떠나던 날 곧게 뻗은 고속도로가 수평선처
럼 아득했던 그게 시작이었어요

더 이상 길이 없을 때 하늘이 길이 된다는 말 이제야 알겠
어요

수평선은 아득하고 갈매기 한 마리 날지 않는 날이에요

오늘은 제가 갈매기가 될래요

노란 은행잎 몇 흘려 놓을게요

길 가다 멈추고는 돌아봐 주실 거죠

신발

하루는 너무나 정열적인 키스였다

시간은 고요를 베고 누운 밤의 처음 열두 시를 지나고 있다

언제 끝날지 모르는 여행길 마지막 동행처럼

나와 어깨를 나란히 해 줄 것만 같아 오늘 처음처럼 눈을 맞추어 본다

하루치 고단함쯤이야 찔끔 눈 감으면 그만이지만

아직 걸어 보지 못한 길의 높이는

이 밤이 다가도 내 작은 가슴으로는 잴 수 없으리라

다만 오늘은 고단한 하루였다고 일기를 쓴다

순전히 나의 길이 울퉁불퉁한 데서 연유할 뿐

바람이 새겨 놓은 소문들이 창문 틈을 비집고 들어와

마지막 남은 온기마저 지우고 있다

또 꿈이 어지럽겠다

시소

오늘부터 딱 365일만 일하기로 한다

365일은 1년,

1년 동안 하루도 빠지지 않고 출근하기로 한다

출근을 하면 열심히 일하는 것은 기본이지만, 일하는 것으로 보람을 좀 느껴 보기로 한다

사실 이런 맘을 먹기 전까지는 일을 해도 보람이 없었다
보람은 없어도 월급을 보람처럼 따먹으며 꾸역꾸역 아침에 갔다가 저녁에 돌아왔다

오늘부터 딱 365일만 놀기로 한다

1년은 365일,

365일 동안 하루도 빠지지 않고 놀기로 한다

놀기만 하면 그냥 노는 것은 기본이지만, 노는 것으로 보람을 좀 느껴 보기로 한다

사실 이런 맘을 먹기 전까지는 놀아도 보람이 없었다 보람은 없어도 꼬박꼬박 삼시세끼 밥그릇을 보람처럼 비우며 꾸역꾸역 낮부터 밤까지 놀았다

일하고 싶다

놀고 싶다

달빛혁명

내가 누구를 사랑하기는 하는 건가? 이런 물음을 언제 던져 보기라도 했냐는 듯 달빛이 배시시 웃는다

그래 햇볕처럼 강렬하지 않아서 다행이다 강렬하다, 이런 단어가 사랑의 단어라고 믿고 있지만

나이를 먹으면서 안다고들 하는데 달빛 같은, 은은한, 이런 표현이 사랑이라면 이십대는 아니고 삼십대도 아니고 그렇다고 사십대를 넣을까 말까 고민해 보는데 내가 지금 그런 사랑을 하기는 하는 건가?

꼭 사랑한다 하면 이성에 대한 사랑이라 착각하는 종족이 인간이다

개를 사랑한다 코알라를 사랑한다 박쥐를 뱀을 카멜레온을 돌을 나무를 꽃을 기계를……, 사랑한다 개성 있는 사랑, 우리 아버지는 먹고사는 일을 사랑했다

사십대는 일을 사랑하는 나이, 조건 없는 그것도 햇볕이
아니라 달빛같이 은은하게, 모든 혁명은 햇볕처럼 강렬하지
만 달빛같이 은은하기도 하다

하고 싶은 일을 혁명처럼 사랑하는 나이는 언제쯤일까

우리 이제 그런 나이가 되었다고 좀 더 자신에게 희망을
가지자고 스스로 크레인 위에라도 올라가면 좋겠다

그런 나이가 이십대 삼십대도 아니고 딱 사십대면 좋겠다

그리고 달빛처럼 오십대로 넘어가면 좋겠다

오십대는 좀 은은해지는 혁명도 자연스러운 아무리 생각
해도 욕심이다

달빛혁명 이런 건 있기나 하겠어

안녕, 망치에게

이런 인사를 건네는 아침이 특별하지 않다

들리지 않는 소리를 들을 수 있고 보이지 않는 곳을 볼 수 있는 누구나 공장 밥 몇십 년이면 초능력자가 되는 특별한 내공 따위는 필요치 않다 가령,

망치 소리가 말하고 망치는 듣고 있다

그라인더 불빛이 말하고 그라인더는 듣고 있다

처마 아래 나란히 앉은 비둘기들이 말하고 처마가 듣고 있다

바람이 머물다 간 자리 떨어진 목련꽃이 말하고 바람이 머문 자리가 듣고 있다

공장 울을 자유롭게 넘나드는 들쥐들이 말하고 공장 울이 듣고 있다

고철 더미 속에서 붉은 녹물을 토하는 늙은 기계가 말하고 고철 장이 듣고 있는 가령,

들리지 않는 소리를 들을 수 있고 보이지 않는 곳을 볼 수 있는 것은 먼저 인사를 건네는 것

안녕, 망치야 안녕, 비둘기야 안녕, 그라인더야 안녕, 나의 일터야

안녕하기를 바라는 나의 밥줄, 밥, 밥이 가져다주는 밥으로 인해 내가 갖는 나의 귀, 나의 입, 나의 눈, 나의 온몸이 마술처럼 만들어 내는 하루

하루야 안녕!

이런 인사를 건네는 저녁이 특별하지 않다

서야 산다

서다 반대말은 앉다나 눕다가 아니고 죽다 이다

아이가 태어나 첫걸음마를 떼기 위해 스스로 설 때

짝짝짝 손뼉 치며 얼굴이 활짝 열렸을 당신

아는가?

모든 이의 기쁨은 서는 곳에 집중되어 있음을

특히 사내아이는 서는 날이 진짜 사내가 되는 날이다

오늘 같은 신자유주의 시대에는 똑바로 서느냐

안 서느냐의 문제는 파산(破産)의 문제이다

아들아! 서야 산다 꼿꼿하게

생경하면서 익숙한 것들에게 건네는 인사
- 표성배의 시 세계

정훈(문학평론가)

　표성배의 시는 '하루하루'를 거듭해 지나면서 겪게 되는 삶의 각성으로 가득하다. '삶'은 그에게 그저 주어지는 것이 아니라, 시간의 편린과 조각들이 쌓여서 이루는 실체요 진실의 얼굴이다. 일터에서 때로는 집에서 그가 바라보고 생각하는 의식이 켜켜이 만들어내는 무늬는, 기실 도시인의 각박한 일상이나 생활인의 자기반성에서 비롯하는 시적 반영으로도 볼 수가 있지만 그것을 넘어서는 지점에까지 다다른다. 형이하(形以下)에서 출발하여 형이상(形以上)의 여백의 한복판에까지 들어가는 시적 사유의 면모를 엿보게 된다. 눈에 보이는 세계의 표면에 드리운 그늘을 응시하면서, 그 이면에 도사리고 있는 삶의 이치나 의미 같은 것들이 시인의 눈에 훤하게 보이는 것이다. 이것이 비단 표성배 시인에게만 해당되는 사실은 아니다. 시인이란 무릇 세상을 꿰뚫어 보되, 세상을 이루는 커다란 원리마저 나름으로 체득하는 자가 아닌가. 이렇게 본다면, 표성배 시인은 '시인'이라는 류(類)의 한 가지에 마땅히 속하되 다만 보통의 시인과는 다른 시 세계와 언어의 특질을 배태하고 있다는 점을 소략한 해설에서 밝히고자 한다.

근대문명은 분명 인간의 의식을 확장했다. 의식의 확장은, 인간과 세계의 물질적인 관계에 대한 용이성이나 속도에서 비롯한 것이다. 그리고 이 거대한 인간사회를 작동하는 기본 틀은 자본과 노동이 빚어내는 관계망에서 자유롭지 않다. 더욱 속악해진 자본의 물결을 따라 이리저리 표류하는 신세가 되어버린 현대인의 의식은, 아이러니하게도 근대성의 부정적인 속성으로 말미암아 그 자신의 사고와 생각의 지평을 넓히는 방향으로 진행해왔던 것이다. 이제는 단지 도시화와 근대화에 따른 온갖 해악을 비판하는 데 시인의 초점이 맞추어져 있지 않다. 지금까지 모더니즘과 리얼리즘의 문학이 보여준 것처럼, 개인 및 공동체와 세계의 관계성에서 파생하는 언어미학적 형상화는 진부한 그 무엇이 되어버린 것이다. 필자가 보기에 현대시는 다만, 감각적 표상과 일종의 '무의지'에 가까운 언어의 '홀림'에 에너지를 쏟고 있거나, 아니면 '시원'의 낙원적 세계를 염두에 둔 자연의 동화(同化)를 위한 스케치에 몰두하고 있는 느낌이다. 물론 그 두 조류에 포획되지 않는 각양각색의 시적 포즈가 존재함은 당연한 것이다. 표성배 시의 경우는 이 점에서 주목을 요한다. 그는

덩그러니 놓여져 있는 세계의 물상(物象)에 대한 의지적 관여와 소극적인 관조 사이에서 일어나는 마음의 움직임에 민감하다.

오늘도 해가 동쪽에서 뜨고 서쪽으로 질 것이 분명하다

누군가는 동쪽으로 가고 누군가는 서쪽으로 갔다는데

무슨 이유가 있을까 싶다가도

무슨 이유가 있을 것이다

학교 다닐 때 2교시나 3교시를 넘기지 못하고 도시락을 비우듯 그 버릇은 여전하여 출근하면 여전히 점심시간이 기다려지는 것과 같이

무슨 병력(病歷) 같은

그런 게 있는 것이 분명해 보이지만

나는 더 이상 서쪽이든 동쪽이든 따지지 않기로 한다

따지는 것도 사실 배가 부르면 입술이 날카롭지 않고 눈매
가 새파랗지 않다

분명한 것은 나는 아직 배가 고프다는 것이다

배가 고프다는 것은 분명 무슨 이유가 있을 것이다

있을 것이 분명하다

- 「분명하다」 전문

　자신의 마음 상태를 들여다보는 일은 일종의 수행과 같
다. 수행이 무슨 거창한 도(道) 같은 것을 깨치기 위한 방편
을 위한 것이라면, 불립문자의 형식으로 갈음하고 말 일이
지만 시인은 그럴 수는 없는 사람이다. 시 「분명하다」의 진
술은 일상의 형식을 조용히 응시하면서, 그 생동하는 삶
의 형식과 마음의 움직임을 정중동(靜中動)하는 어조와 닮
아 있다. "오늘도 해가 동쪽에서 뜨고 서쪽으로 질 것이 분
명하다//누군가는 동쪽으로 가고 누군가는 서쪽으로 갔다
는데//무슨 이유가 있을까 싶다가도//무슨 이유가 있을 것
이다"와 같은 구절이다. 자명한 사실에 대한 의문이나 회의
는 일체만물을 이루는 세계와 우주를 한층 더 깊이 파고드
는 행위에 지나지 않는다. 세상을 조용히 관상(觀象)하면 일상

의 자연스러움이 그리 자연스럽지 않다는 사실을 알게 된
다. 시인은 "더 이상 서쪽이든 동쪽이든 따지지 않"는 마음
의 방하착(放下着)을 지닌 채로 세계를 바라본다. 그러는 중
에 시인의 몸이 느끼는 허기는 어찌할 수 없는 명백함으로
존재한다. 그 "이유"가 "분명하다"는 자각만으로, 위 시에서
시인이 전달하는 메시지는 분명해진다. 마음과 몸에 집착하
지 않아도 제게 파고드는 그 무엇이 있다. 그 무엇마저 놓아
버린다면야 두말할 나위도 없이 좋겠지만 그럴 수는 없다.
시인은 육체의 진실한 목소리에 귀를 기울이면서 그 소리가
내는 울림의 지층을 가감 없이, 그리고 솔직하게 밝히는 자
인 것이다.

한 발짝이나 비켜서서 걷는 그림자를 부러 못 본 체

그냥저냥 걸어 볼 일이다

개나리꽃 노랗게 물들면 따라 그림자도 노오랗고

찔레꽃 하얗게 물들면 따라 그림자도 하이얀

노을이 내 이마 어디쯤 머물다 가면

따라 내 이마가 붉게 물드는 그런 길 한 번쯤

그냥저냥 걸을 일이다

가다 지치기라도 하면

잠시 노을의 옷섶을 끌어다 짐짓 모른 체 깔고 앉아 볼 일
이다

어느새 따라 엉덩이 걸치는

그림자 엉덩이를 토닥토닥거리다 보면

내 이마 어디쯤에도 반짝 별 하나 슬쩍 자리 잡는데

그때서야 왔던 길 길게 되돌아볼 일이다

-「짐짓 모른 체」 전문

위 시의 제목에 나오는 '짐짓'이라는 말을 생각해본다. 속
으로, 혹은 감각적 인상이나 느낌으로 파고들지만 이를 움
켜쥐거나 방관하지 않은 채 고요히 내버려두는 말의 뉘앙스
를 주는 단어다. 흘러 들어오는 소식에 집착하거나 머물지

않고, 그 소식이 드나드는 한복판에 주의를 기울이다 보면 삶의 한 가닥 정도의 지혜를 만들어낼 수도 있지 않을까 싶다. 시인은 그냥, 가만히, 짐짓 모른 체 자신과 세상이 관계하는 모습을 두고만 본다. "한 발짝이나 비켜서서 걷는 그림자를 부러 못 본 체//그냥저냥 걸어 볼 일이다"라 쓰고 있다. 그런데 고요함과 적요함을 불러일으키려는 듯한 시적 분위기는, 사실 시인이 그 어떤 의지의 목적성을 지니지 않은 채 자연스럽게 흘려보내는 외적 환경에 대한 무심함에 이르러 한층 새로운 시적 의미를 만들어낸다. 세계와 자아의 혼융이 그것이다. 가령 "노을이 내 이마 어디쯤 머물다 가면//따라 내 이마가 붉게 물드는 그런 길 한 번쯤//그냥저냥 걸을 일이다"처럼, 자신을 놓아버리는 데서 응당 생기기 마련인 자연의 '침투'에 시인 자신의 몸을 내맡기는 형국이 "내 이마가 붉게 물드는"의 진술에서 극명하게 드러나는 것이다. 순해질 대로 순해진 시인의 마음은 분주하면서 형극과도 같았던 자신의 생애를 반추하게 된다. "그때서야 왔던 길 길게 되돌아"보는 삶의 곱씹음, 혹은 삶의 반성이, 실은 아무렇지도 않게 무심하게 벌어지는 마음의 결을 따라 생성하게 된 것임을 우리는 위 시를 보면서 알게 되는 것이다.

　표성배의 시는 솔직하다. 솔직함은 우리 시대에서는 자칫 경제적 '나머지'나 '잉여'가 되기도 한다. 거짓되고 위선적인 모습이 '솔직함'을 가장하거나, 사회공동체의 지표적 수준에

서는 구석 모서리에 밀쳐두고 싶은 윤리의 하나가 된 지 오
래된 덕목이다. 현대인은 '정직'이 결국 자신을 겨누게 될 칼
날이 되어버린다는 사실을 잘 알고 있다. 그런데 표성배 시
의 솔직함은 삶의 궁극적인 자유의 형상화로 놓인다. 까짓
삶이란 게 끝내는 정처 없이 외롭고 허허로운 몸짓이 아니겠
는가. 아웅거리며 생활인의 바쁜 일상을 보내면서 시민의 모
습을 이어나가는 것이 어쩌면 우리 현대인의 모범적인 표상
이겠지만, 잘해봐야 결국 자본주의의 톱니바퀴에 편승하는
개체에 지나지 않게 된다. 이 구차한 생의 형식을 끊어버리
고자 하는 솔직함이 드러나는 시를 보자.

끊어 버리자

단 하루만 끊어 버리자

긴장이 맥박처럼 뛰는 하루만 끊어 버리자

외로움이 노을처럼 스며드는 하루만 끊어 버리자

질질 끌려 다니다

내가 먼저 지쳐 쓰러지기 전에 끊어 버리자

도마뱀 꼬리처럼

툭!

끊어 버리자

멍에처럼 짊어진 노동의 무게

무거워 무거워서 어찌어찌 끌고 갈 수 없다면

툭 끊어 버리자

그림자라도 끊어 버리자

딱 하루만이라도 끊어 버리자
-「월차휴가」전문

　원래 생명은 불연속적이 아니라서 중단의 개념이 없다. 그러나 사람의 의지는 그것이 가능하다. 물론 눈에 보이는 물질적인 것이나 가시적인 차원의 중단이 아니라 '마음'의 개입을 통해서이다. 오늘날 현대인에게 '하루'는 온전한 '한날'

로서 통일된 시간으로 놓여 있지 않다. 즉 신화적 시공간으로서 하루하루는, 늘 우주가 새로 시작되고 종말을 맞는 신성한 시간의 총체이지만 '속된 세계'에 속하는 오늘날에 '하루'가 지니는 의미는 오히려 다가올 노동의 에너지를 창출하기 위한 준비 단계면서, 지난 하루'들'과 미끈하게 결속되어 자신의 '신성한 상징적 체계'를 망각해버린 세월의 마디에 지나지 않다. 시간의 이런 속화(俗化)를 가져오게 한 결정적인 계기는 아마도 '근대' 혹은 '현대'적 세계의 발현일 것이다. 이 세계는 사람들로 하여금 시간에 예속된 존재로 탈바꿈하게 한다. 시간을 지배하거나 초월하지 않고, 도리어 시간에 지배당하는 사회가 바로 현대사회다. 시인에게 복되고 성스러운 시간으로서 '영원한 현재'는, 자본주의의 속악한 시간 개념으로부터 벗어나려는 무의식적인 욕망의 형식으로 스스로를 드러낸다. "외로움이 노을처럼 스며드는 하루만 끊어 버리자//질질 끌려 다니다//내가 먼저 지쳐 쓰러지기 전에 끊어 버리"고 싶다는 의지에는 일상의 반복되는 생활 패턴에 대한 비판이 숨어 있다. 자본에 예속된 실존인의 세계 비판이 우화처럼 '하루'를 소재로 펼쳐지는 것이다. 시인에게 "멍에처럼 짊어진 노동의 무게"는 한 가장으로서 짊어져야 하는 숙명이기도 한 것이지만, 내면의 자유를 억압하고 거스르는 불온한 세계가 지운 존재의 질량이다. 이 속박으로부터 벗어나려는 마음이 위 시에서 잘 나타나 있다.

점심시간을 앞두고 날아온 그의 부음을 듣고도 밥을 먹는다

귀로 들은 부음 같은 것 아랑곳없다는 듯 목구멍은 밥을 잘도 받아 넘긴다

정신줄 놓고 있을 그의 아내를 떠올리면서도 숟가락질은 멈추지 않는다

그의 두 딸이 받을 충격을 알면서도 위장은 쩌억 입을 벌리고 밥을 받아들이느라 바쁘다

그와 나누었던 약속이며 부딪혔던 막걸리 잔으로도 어찌할 수 없는

이 졸렬한 존재여!

한 끼 정도 그를 위해 굶어도 좋으련만 한 끼 밥 앞에서 나는 소크라테스를 생각한다

소크라테스의 돼지를 생각한다

돼지에게 미안하다

- 「돼지에게 미안하다」 전문

　속화된 시간으로부터 벗어나려는 욕망은 「돼지에게 미안하다」에서 극적인 아이러니의 형태로 제시된다. 지인의 부음 소식을 듣고도 밥을 먹는 자신을 되새기며 스스로 "졸렬한 존재"라 지칭하는 데서 그 양상이 드러나는 것이다. 죽음이란, 육체와 이 세계가 짐 지운 감각적인 표피를 벗고 지순한 형이상의 세계로 진입하는 일일진대, 시인은 그 거룩한 존재의 변화를 염두에 두면서 식사의 행위를 나눈다. 슬픔이란 무엇인가, 시인은 묻는 듯하다. "한 끼 정도 그를 위해 굶어도 좋으련만 한 끼 밥 앞에서 나는 소크라테스를 생각한다"고 적었다. 기실 시인뿐만 아니라 누구라도 죽음 앞에서 경건해지지 않는 사람은 없다. 시인이 죽음과 밥을 소재로 시를 썼을 때, 고등동물인 인간이 지향하는 정신적인 가치가 어떤 모습으로 존재해야 하는지 묻고 싶었을 것이다. 일상의 양태는 내밀한 정신 작용이 그 표면 속에 숨겨진 상태로 변화무쌍하게 작동한다. 그러나 하나의 정신적인 결기나 응집성에 다다랐을 때에도 사물의 존재가 그대로라면, 이는 정신의 거듭남을 통해 '그대로의 세계'가 마냥 그대로이지 않고 완전히 새로운 세계로 탈바꿈하게 된 것이라는 자각으로서의 '그대로인 세계'가 된다. 시인은 죽음

의 소식을 통해 존재와 자신 사이에서 빚어진 거리만큼이
나 의식의 폭풍을 경험한 것이다. 시는 자기의식이나 이성
의 작용을 넘어서야 비로소 작동하는 것이라 할 때, 표성배
시인의 시는 독특한 영역을 만들어내는 것처럼 보인다. 시
적 현실의 평이한 형상화 내부에 도사리고 있는 격렬한 시
의식의 분출이 그것이다.

가을이구나 하고 가을이구나

들판에 나락이 딱딱 익어가는 가을이구나

가을이구나 하고 가을인데 나는 흰쌀밥 대신 찻밥을 너무
먹어 온몸이 딱딱 찻소리를 내는구나

입만 열었다 하면 뾰족한 날카로운 딱딱한 말들이 튀어나
와 낭패구나

노랗게 물드는 가을 들판처럼 내 말은 풍성하지 못하구나

입으로는 가을가을 하는데 겨울겨울 하고 서릿발이 솟구나

아무래도 탓은 찻밥 탓이구나

그래도 가을이구나

가을이구나 하고 가을이구나

-「탓」전문

　자연이 선물하는 계절의 바뀜과 자본주의의 속화된 시간
이 서로 상응하고 대립하는 속에 시인의 상념이 드러나는
시다. 사시사철의 변화는 우리 인간에게도 신비 그 자체로
다가온다. 추수의 철인 가을이 돌아오는 과정에서, 온전히
자연의 복락과 함께하지 못하고 자본과 노동의 사회 시스템
에 종속되어 하루하루를 사회적 시간에 복속한 채로 살아왔
던 시인은 마치 한탄하는 것처럼 언어를 토해낸다. 그가 한
탄하는 것은 사실 언어와 관계가 깊다. 즉, 말이다. "쉿밥을
너무 많이 먹어 온몸이 딱딱 쇳소리를 내는" 현실적인 고뇌
또한 짐작하지 않는 바는 아니지만, 그에게 정작 괴로움을
안기는 것은 "입만 열었다 하면 뾰족한 날카로운 딱딱한 말
들이 튀어나와 낭패"란 자괴감이다. 물론 이런 의구심을 낳
게 한 환경은 '쇳밥'이라는, 속화된 자본의 시간을 어쩔 수
없이 감내할 수밖에는 없었던 시인의 실존적인 사실과 깊은
연관이 있겠지만, 시인이 의도하거나 마음속에 드러내고 싶
었던 시적 지향점을 제시하는 강력한 도구인 언어적 용법에

대한 자의식과 밀접하리라 본다. 사실 "뾰족한 날카로운 딱딱한 말들"이 횡행했던 1980년대 한국시의 풍경의 일단은 이런저런 시 세계의 심화와 외연의 확장을 통해 발전적인 해소가 가능해졌다고 본다. 시인은 부드러움과 강함의 뚜렷한 대비를 통해, 그 이분법이 만들어내는 인식의 한계를 잘 안다. 가을이라는 자연의 현상을 목도하고서 "노랗게 물드는 가을 들판처럼 내 말은 풍성하지 못하구나" 하고 자신의 '말'의 깊이와 넓이를 추스를 때, 그의 시가 닿으려는 지점의 한 자락을 붙들고 싶어 하는 것이리라. 말의 풍성함은 현실 세계의 다면적인 시각을 확보하고 이를 사심 없는 마음의 눈으로 얼싸안을 때 절로 얻어진다. 여기에서 삶의 고단한 풍경이 족쇄나 굴레가 아니라 또 다른 삶의 이면에서 솟아올라오는 진실의 실마리로 변모할 수 있는 가능성으로 탈바꿈하는 것이다.

　　나는 월요일부터 화요일을 지나 점점 다가오는 일요일이
　즐겁다

　　일단 일요일에는 좀 늘어지게 방바닥에 배를 깔고 등을 붙이고 있다 보면 아침은 슬쩍 건너뛰고 그로부터 내 즐거움은 슬슬 시작되는데

생각만 하면 월요일부터 입가에 웃음이 침처럼 흘러내리는
데 아이들도 아내도 없는 조용한 집에서 바로 라면을 끓이는
일인데

(…)

내 월요일은 지난 일요일과 다가오는 일요일 사이에서 라
면을 끓이고 있는데 라면을 끓여서는 윗집 아랫집 아재 아지
매 할 것 없이 소리쳐 불러서는 회취를 하고 싶은데

라면가락이 좀 퉁퉁 불더라도 누구라도 올 때까지 기다려
보는 일인데 기다리다 기다리다 안 되면 하느님이라도 불러
보는 일인데

– 「은근히 즐거운」 부분

이번 시집의 표제작인 위 시에서는 일상의 숨겨진 진실을
맛보는 즐거움이 잘 드러난다. 가령, 일요일에 "아이들도 아
내도 없는 조용한 집에서 바로 라면을 끓이는 일"이 '은근
히 즐거운' 짓이라 고백하는 것이다. 시인은 "갈수록 견고한
것은 쉬지 못하는 일요일뿐이다"(「일요일은 일요일이다」)라고
말한 적이 있다. 휴식할 수 없는 일요일이라는 아포리아 혹
은 아이러니의 뒷면에는, 또한 시인을 은근히 즐거운 날로

여기게 하는 또 하나의 일요일이 있는 것이다. 라면을 끓이는 사소한 행위가 시인에게 즐거움을 주는 사실은 독자에게 천진난만한 웃음을 선사한다. 소박한 행복이나 일상의 자잘한 기쁨을 말한다기보다는 '거대한' 역사적 현실 뒷면에 무수히 흩뿌려져 있는 삶의 조각들에 시인의 시선이 닿아 있다고 보아야 할 것이다. "라면을 끓여서는 윗집 아랫집 아재 아지매 할 것 없이 소리쳐 불러서는 회취를 하고 싶은" 시인의 욕망이 고스란히 드러난다. 개인의 사적 공간이 인간 사이의 관계와 소통으로 전이되는 광경이다.

경험과 의식이 시를 낳는 중요한 동기이기는 하지만 전부는 아니다. 표성배 시인에게 현실은 시적 소재를 위한 것으로만 놓이지 않는다. 시인과 시를 이어주는 매개임에는 분명하지만, 이를 뛰어넘어 순수하고 명징한 세계를 향하게 하는 디딤돌이기도 한 것이다. 현실적 체험과 사고는 시적 표현을 통해서 시인으로 하여금 한층 맑고 경건한 공간으로 진입하게끔 한다. 그의 시에서 '하늘'의 소재가 자주 나타나는 것도 이와 상관있을 것이다. 땅의 노고는 하늘이 풀어준다는 적층(積層)의 심리를 문득 떠올린다. 그런데 사람이라면 누구나 하늘의 실재와 메타포를 품고 산다. 시는 우주의 폐부에 놓여 있는 그윽하고 신성한 공간을 겨냥하게끔 되어 있는 것 같다.

딱히 길이 보이지 않는 날 하늘은 길이 되어요

아니 스스로 길을 만들어요

길은 외길이지만 외길이라서 더욱 외길이어요

길 밝혀 줄 별빛 같은 이정표 같은 것은 따로 없어요

혹 당신께서 가시는 길에 노란 은행잎 몇 떨어져 있다면 잠시 멈추어도 좋아요

모르잖아요 누군가 먼저 간 흔적처럼요

뜨거운 눈물 한 줄기 같은 그런 거요

쫓기듯 고향을 떠나던 날 곧게 뻗은 고속도로가 수평선처럼 아득했던 그게 시작이었어요

더 이상 길이 없을 때 하늘이 길이 된다는 말 이제야 알겠어요

수평선은 아득하고 갈매기 한 마리 날지 않는 날이에요

오늘은 제가 갈매기가 될래요

노란 은행잎 몇 흘려 놓을게요

길 가다 멈추고는 돌아봐 주실 거죠

-「하늘」 전문

　하늘 길은 넓고도 좁다. 넓다는 말은 시공간을 떠나 모든
존재에게 활짝 열려 있다는 말이겠고, 좁다는 말은 그 길에
들어가려는 마음이 옹졸하고 닫혀 있다면 깜깜하여 바늘 구
멍보다도 작아서 그렇다는 말이다. 시인은 "딱히 길이 보이
지 않는 날 하늘은 길이" 된다고 하였다. 세상살이의 고달
픔과 상처를 치유하는 길은 하늘에 있다. "더 이상 길이 없
을 때 하늘이 길이 된다는 말 이제야 알겠"다는 말 속에, 시
인이 그려보는 드넓고 깊은 정신세계의 일단이 감추어져 있
다. 어쨌든 시는 동서고금의 진실의 모서리를 잡아챈다. 역
사가 걸어온 수많은 발자국들은 인간의 또렷한 정신의 산출
을 위해서 존재하였던 것 같다. 그 정신의 깊이는 기실 단순
하게 보일 것이다. 맹자의 호연지기(浩然之氣)와도 같다. 자
연과 하나가 되어 숨 쉬는 일이다. 결코 무시할 수 없는 현
실과, 이 현실의 내부에 들끓고 있는 온갖 기운과 의미체들

이 용암처럼 분출되는 모습이 우리들의 마음을 흔들어놓아도 저 청정하고 뻥 뚫려 있는 공중으로 난 길을 본다면 금방이라도 사그라질 것이다. 이는 시인이 마음의 움직임을 관조한 결과로 나타난 것이리라. 마음의 행방을 집요하게 좇다 보면 저 자신이 서 있는 자리를 꿰뚫을 수 있다. 표성배의 시는 그렇게 '드러난다'. 그의 시는 견고했던 지난날의 상처가 아문 자리에 피어나는 곳에서 다시 시작한다. 그가 "옥상에 망루를 짓고 십자가를 진 세입자들이나 밀양 송전탑을 반대하며 노구(老軀)를 던지는 주민들이나 쫓겨난 일터로 돌아가고자 신발 끈을 묶는 쌍용자동차 노동자들이 말하지 않아도 통하는 달빛과 달맞이꽃 사이처럼 그런 아침과 저녁을 맞으면 좋겠다"(「헐렁했으면 좋겠다」)고 말하면서 내심 바랐던 것은, 존재 사이를 가로막는 딱딱한 경계를 허물고 자연스럽게 서로의 마음자리를 살펴며 보듬는 세상이 아니었을까. 하늘과 땅 사이에 새로운 것이 없으련만, 그동안 아수라장처럼 서로를 진창으로 이끌었던 시간은 이제 저 멀리 흘려보내야 할 것이라 시인은 생각하고 있는 듯하다. 이것은 세월이 가져다주는 인간의 자연스러운 보살심(菩薩心)을 말하는 게 아니다. 악(惡)은 존재해왔고, 또 앞으로도 여전할 것이다. 그런데도 세상은 더욱 나아지려고 발버둥을 친다. 인간의 마음이 그런 것이리라. 시인은 "스스로 길을 만"드는 심사(心思)가 자리 잡고 있는 바탕을 이미 알았을 것이다. 그

바탕자리가 세상을 더욱 훤히 비출 것이고, 명명백백하게 보이는 존재들에게 인사를 하는 시인의 눈짓이 또한 환하다. 낯설거나 익숙하거나에 상관없이 표성배의 시는 제 몸을 밟고 지나간 모든 존재들에게 건네는 따뜻한 손이고자 한다.

표성배

경남 의령에서 태어나 1995년 제6회 〈마창노련문학상〉을 받으며 작품
활동을 시작했다. 시집으로 『아침 햇살이 그립다』, 『저 겨울산 너머에
는』, 『개나리 꽃눈』, 『공장은 안녕하다』, 『기찬 날』, 『기계라도 따뜻하게』
등이 있고, 2014년 한국문화예술위원회 '아르코문학창작기금'을 받았다.
p-rorxh@hanmail.net

은근히 즐거운

초판 1쇄 발행 2015년 4월 20일

지은이 표성배
펴낸이 강수걸
편집장 권경옥
편집 양아름 손수경 문호영
디자인 권문경 박지민
펴낸곳 산지니
등록 2005년 2월 7일 제14-49호
주소 부산광역시 연제구 법원남로15번길 26 위너스빌딩 203호
전화 051-504-7070 | 팩스 051-507-7543
홈페이지 www.sanzinibook.com
전자우편 sanzini@sanzinibook.com
블로그 http://sanzinibook.tistory.com

©표성배
ISBN 978-89-6545-288-1 03810

* 책값은 뒤표지에 있습니다.
* 이 책은 2014년도 한국문화예술위원회 '아르코문학창작기금'을
지원받아 발행되었습니다.
* 이 도서의 국립중앙도서관 출판예정도서목록(CIP)은 서지정보유통지원시스템
홈페이지(http://seoji.nl.go.kr)와 국가자료공동목록시스템(http://www.nl.go.kr/
kolisnet)에서 이용하실 수 있습니다.(CIP 제어번호: CIP2015009157)